*Para Anna*
S. S.

*Para mamá, papá y su deliciosa sopa de verduras*
J. D.

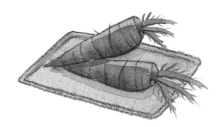

Título original: *The Lamb who came for Dinner*
Publicado por primera vez el año 2006 en el Reino Unido
por Magi Publications, un sello de LITTLE TIGER PRESS

Decimotercera edición: diciembre de 2016
Séptima reimpresión: octubre de 2018

© del texto: Steve Smallman, 2006
© de las ilustraciones: Joelle Dreidemy, 2006
© 2014 Penguin Random House Grupo Editorial, S.A.U.
Travessera de Gràcia, 47-49 08021 Barcelona
Con la colaboración de Montse Alberte

Printed in Spain – Impreso en España

ISBN: 978-84-488-2454-9
Depósito legal: B-16.297-2012

Impreso en Cachiman
Montmeló (Barcelona)

BE 24549

Penguin
Random House
Grupo Editorial

# LA OVEJITA QUE VINO A CENAR

STEVE SMALLMAN                    JOELLE DREIDEMY

–¡OTRA VEZ sopa de verduras! –se
quejó el viejo lobo–. ¡Ojalá tuviera
una ovejita! Me prepararía
un buen estofado, mi comida favorita...
Justo entonces...

¡TOC, TOC!

Era una ovejita.
—¿Puedo pasar? —dijo la ovejita.
—Sí, querida, pasa, pasa. ¡Llegas justo a tiempo para cenar! —respondió el viejo lobo con tono burlón.

La ovejita tiritaba de frío: ¡BRRR, BRRR!
«¡Santo cielo! —pensó el viejo lobo—. No puedo comerme una ovejita que está tan helada. ¡ODIO la comida fría!»
Y la puso cerca de la chimenea para que entrara en calor.

El viejo lobo buscó la receta de un estofado en el libro de cocina. ¡Mmmmm! Se le hacía la boca agua solo de pensarlo.

La ovejita también tenía hambre
y le sonaban las tripas: ¡RUNRÚN,
RUNRÚN!

«¡Santo cielo! —pensó el viejo lobo—.
No puedo comerme una ovejita a la
que le suenan las tripas. ¡Podría tener
una indigestión!»

Y le dio una zanahoria para
que se la comiera.
«El relleno»,
se dijo.

La ovejita se zampó la
zanahoria tan rápido
que le entró hipo:

¡HIP!
¡HIP!
¡HIP!

«¡Santo cielo! —pensó el
viejo lobo—. No puedo
comerme una ovejita que
tiene hipo. ¡Podría darme
hipo a mí también!»
Pero el lobo no sabía qué
hacer para que se le pasara
el hipo.

Lo intentó lanzando
a la ovejita por los aires.

¡HIP!

Pero no funcionó.

La levantó sujetándola
por los pies.

¡HIP!

Pero no funcionó.

Le hizo dar vueltas
y más vueltas.

¡HIP!

Pero tampoco funcionó.

El viejo lobo puso a la ovejita sobre su hombro
y le dio unas palmaditas en la espalda con su
grande y peluda garra.
La ovejita dejó de tener hipo, se acurrucó bajo
el pelo del hocico del viejo lobo y, al instante,
se durmió en sus brazos. El viejo lobo tenía una
sensación extraña. Era la primera vez que su
cena lo abrazaba, y de pronto perdió el apetito.

La ovejita roncaba dulcemente bajo su oreja.
Un ronquido tras otro.
−¡Santo cielo! −susurró el viejo lobo−. ¡No
puedo comerme una ovejita que ronca!

Aquella ovejita olía muy... muy...
pero que MUY BIEN.
—¡Oh! —refunfuñó el lobo—. Si
me la como rápidamente, no
pasará nada.
Y cuando estaba a punto de
zampársela...

El viejo lobo se sentó en el
balancín junto a la chimenea,
con la tierna ovejita en su regazo,
y pensó que hacía mucho tiempo
que nadie lo abrazaba.

El lobo la olfateó una y otra vez.

... la ovejita se despertó
y le dio un gran beso.

# ¡ESMUAC!

## —¡¡¡NOOO!!!

—gritó el lobo—. ¡NO ES
JUSTO! Soy un lobo grande y
malo y tú eres... ¡un estofado!
—*Tofado* —dijo sonriente la
ovejita. Y, señalando al viejo
lobo, añadió—: ¡*Dobo!*
—¡Oh, Señor, dame fuerzas!
—refunfuñó el viejo lobo—.
¡Tienes que irte!

El lobo abrigó bien a la ovejita
y la dejó fuera.
—¡AHORA VETE! —gritó—. Si te
quedas aquí conmigo,
te comeré, y después,
¡los dos nos arrepentiremos!
Y cerró la puerta con un

# ¡PUM!

Fuera estaba oscuro y hacía frío.

La ovejita aporreó la puerta.

—¿*Dobo*? —gritó—. ¿Puedo entrar, *Dobo*?

Pero el viejo lobo se tapó las orejas con las manos

y empezó a cantar «¡LA, LA, LA!» hasta que ya no oyó a la ovejita.

Al fin se hizo el silencio. «¡Gracias a Dios, se ha ido! —pensó

el lobo—. Aquí, con un viejo lobo hambriento como yo,

no estaba a salvo.»

Después se puso a pensar
en la ovejita, sola en la oscuridad
del bosque.

«¡Quizá se ha perdido!»

«¡Quizá se ha congelado!»

«¡Quizá se la han comido!»

—¡OH, NO!
¿QUÉ HE HECHO?
—aulló el lobo.
Se levantó y abrió la puerta.
La ovejita se había ido.

El viejo lobo salió a toda prisa hacia
el oscuro bosque, gritando:
—¡Ovejita! ¡Ovejita! ¡Vuelve!
No te comeré... ¡Te lo prometo!

Más tarde, mucho más tarde,
el viejo lobo regresaba a su casa,
triste, decaído, cansado y solo.

El lobo abrió la puerta y, ahí, junto a la chimenea, ¡estaba la ovejita!

—¡HAS VUELTO! –dijo el lobo sonriendo–.
¿No tienes otro lugar al que ir?
La ovejita dijo que no con la cabeza.
—Mmm... mmm... Entonces, ¿te gustaría quedarte
aquí... conmigo? –preguntó el lobo.
La ovejita lo miró fijamente.
—No me comerás, *Dobo*, ¿verdad? –dijo.
—¡SANTO CIELO! –respondió el lobo–.
¡No puedo comerme a una ovejita
que me necesita! ¡Podría darme
ardor de estómago!

La ovejita sonrió
y se lanzó a los brazos
del viejo lobo.

—¿Tienes hambre,
estofado mío? —le
preguntó el lobo.

−¿Te apetece un poco de sopa de verduras?
Es mi comida favorita.